LE FLEUVE

DE LA MÊME AUTEURE

Avaler la mer et les poissons (avec Isabelle Vincent), Dramaturges Éditeurs, 2007.

Voir de l'intérieur (avec Martine Beaulne), Dramaturges Éditeurs, 2012.

Sylvie Drapeau

Le fleuve

roman

LEMÉAC

Ouvrage édité sous la direction
de Marie-Claude Fortin

L'auteure remercie le Conseil des arts du Canada de son aide financière.

Leméac Éditeur remercie le Conseil des arts du Canada, la Société de développement des entreprises culturelles du Québec (SODEC) et le Programme de crédit d'impôt pour l'édition de livres du Québec (Gestion SODEC) du soutien accordé à son programme de publication.

Financé par le gouvernement du Canada | Canada
Funded by the government of Canada

ISBN 978-2-7609-4704-7

4609, rue D'Iberville, 1er étage, Montréal (Québec) H2H 2L9
Dépôt légal – Bibliothèque et Archives nationales du Québec, 2015

Mise en pages : Compomagny

Imprimé au Canada

Par beau temps, sur le fleuve, il y a comme des diamants qui flottent, qui pétillent et qui rient. Lorsqu'on remonte, lorsqu'on revient de ses profondeurs, à un moment, je suppose, toute cette lumière vous explose au visage.

Il y a toujours eu le fleuve. Il était là, en bas de la colline sur laquelle était juchée notre maison. On pouvait le voir au loin, de la fenêtre de la salle à manger. Une forêt noire nous séparait de lui. Immuablement présent dans le paysage de l'enfance, il faudra pourtant un jour le longer pour quitter la Côte-Nord et atteindre le sud-ouest et ses grandes villes, qui te demeureront à jamais inconnues. Mon frère. Le fleuve nous deviendra alors presque étranger car trop loin du regard. C'est que, tu vois, la vie d'adulte sera devenue pour nous, la meute, une succession d'allers-retours entre son embouchure large et sauvage et son rétrécissement civilisé. Même après que la meute a été disséminée, l'océan m'aura, comme ça, toujours rappelée vers l'enfance, papa, maman, la meute et toi. Notre frère.

Au petit matin, après le déjeuner et la toilette, la meute toute propre, papa fraîchement rasé, maman toujours en robe de chambre, nous marchons vers la prière. Nous arrivons déjà silencieux et sages, nous nous mettons à genoux, en cercle, sur le tapis du salon qui est déjà baigné de lumière. Nous évoluons dans une chorégraphie parfaitement réglée, empreinte d'un très grand respect, danse simple et grave, mille fois répétée depuis des générations. Nous attendons dans le recueillement. Malgré mes cinq ans, je trouve mon compte dans ce rituel, j'apprécie le silence et le fait d'être ensemble à désirer ce même monde parfait, ce monde fait essentiellement d'amour.

De son regard, le père balaie l'espace que nous occupons en faisant le signe de la croix.

Au nom du Père, du Fils et du Saint-Esprit.

Nous nous signons de la même façon et entonnons avec lui la suite de cette mélopée.

Bonjour, mon bon ange
C'est à toi que je me recommande
Merci de m'avoir gardée la nuit
Garde-moi le jour sans périr, sans danger
Sans mourir de mort subite
Sans t'offenser mortellement
Mon Dieu, s'il te plaît.

Je suis toute à lui, cet ange si bon. Je plonge en chacune des syllabes, éperdue, et je vibre à leur contact, comme un instrument traversé par la musique. Je suis quelque chose comme une harpe.

Notre Père qui êtes aux cieux,
que votre nom soit sanctifié,
que votre règne vienne…

Ces mots que nous connaissons par cœur coulent comme du lait. Nous les connaissons dans notre chair depuis le tout début et même avant, bien avant les mots eux-mêmes. Ils coulent en nous comme le lait, et depuis si longtemps avant nous, car ils coulaient déjà dans le ventre qui nous a portés et dans tellement de ventres encore, si lointains.

Je vous salue Marie pleine de grâce,
Le Seigneur est avec vous,
Vous êtes bénie entre toutes les femmes
Et Jésus le fruit de vos entrailles est béni.

Ils coulent et s'écoulent encore, parcourant chacune de nos veines, chacune de nos vies, dans leurs moindres méandres.

Sainte Marie, mère de Dieu…

Le père se signe d'abord, puis nous l'imitons.

Au nom du Père, du Fils et du Saint-Esprit. Amen.

Il se lève et quitte la maison pour le travail.

C'est l'été, il n'y a pas d'école : à neuf heures, les loups sont lâchés. Ils ne rentreront que pour le repas du midi. Beaucoup d'errances. Vous, les grands, responsables des petits, pour le meilleur et pour le pire. Sans l'école, c'est le temps sauvage, et on s'en sort comme on peut.

La forêt est dense derrière la maison, même si beaucoup des feuilles d'arbres et d'aiguilles d'épinettes sont attaquées par les effluves de l'usine d'aluminium qui, sans relâche, crache ses fumées bleues sur notre paysage. Malgré cela, nous, on se roule dans l'herbe, on mange à pleines poignées l'oseille sauvage dont le terrain est truffé. Elle est surette au point de nous faire plisser les yeux. Nous crions de plaisir. C'est à qui aura la patience d'en ramasser assez pour en faire une grosse poignée juteuse qui fera pleurer tellement ça pétille dans la bouche. Plus nous en mettons, meilleur c'est. Et il y en a beaucoup ! La cour, derrière la maison, est une très grande pente de pelouse, immense rectangle, comme déposé sur la forêt par un géant, une nuit avant notre naissance. Elle s'étend comme ça, toute verte, parfaite, éclatante et vibrante, avec très vite le large jardin de légumes bordé de talus de cassis, suivi de près par le rocher plat immaculé, incrusté de pierres précieuses. Puis, tout à coup, elle nous apparaît, elle, si familière, car parcourue mille et mille fois, dans tous ses méandres, de nos membres agiles, nos cœurs éperdus, notre désir d'assouvir cette soif. Nous la sentirons, la forêt, sous nos pieds, entre nos doigts, en plein nez, par nos oreilles, partout. Les branches qui veulent nous fouetter et qu'on doit retenir très vite, les parfums envoûtants des conifères, le frémissement des trembles murmurant des secrets mystérieux, la mousse spongieuse qu'on peut caresser chaque fois qu'on se sent perdus. La sentir alors sous la main procure un tel réconfort, nous n'avons qu'à fermer les yeux. C'est bien elle : notre forêt, dans tout son foisonnement.

Tu es le grand frère, parfois cruel avec moi, car je suis plus petite. C'est comme ça dans la jungle. Nous sommes si nombreux. Je cours derrière toi, grand garçon à la fois farouche et fragile, si sensible. Tu es le plus fort. Ce matin, comme toujours, nous descendons d'abord la pente verte, la bouche pleine d'oseille, puis nous entrons dans la forêt avec toujours ce goût de vert dans la bouche. Je cours. Je dévale la pente en volant par moments. « Attends-moi, Roch ! » Mon cœur est à toi avec toute la ferveur de mes cinq ans. Une amoureuse de cinq ans, c'est puissant ! Tu dis : « Ce matin, on construit la cabane dans la coulée ! » Et c'est parti pour l'avant-midi. En fait, c'est surtout toi qui « construis », et toujours la même cabane abandonnée. Moi, je rêve jusqu'au dîner, j'attends, en fait, que tu aies fini de « construire » pour pouvoir de nouveau courir derrière toi jusqu'à la maison. Je grimperai la côte derrière la cabane, je m'assoirai sur le rocher pour regarder briller le fleuve en bas. Je compterai le nombre de paquebots ancrés dans la baie en caressant la mousse et en tentant de trouver les pommettes si rares. Miniatures pommes sauvages, croquantes et juteuses, pommes de souris, pommes que nous volons peut-être aux oiseaux. Petits fruits rouge, blanc et vert, ayant survécu aux grands vents. Quand j'en aurai trouvé quatre ou cinq, je les cacherai dans ma main fermée, les garderai le plus longtemps possible en tentant de les oublier, puis je finirai bien vite par les croquer, toutes réchauffées par leur séjour dans ma main, une à la fois, en grimaçant et en frissonnant. Nous rentrerons en courant à perdre haleine, nous mangerons de la salade au lait pour dîner. Comme j'aime la salade au lait de maman ! La laitue du jardin, lorsqu'on la laisse macérer dans le lait, fond littéralement dans la bouche, avec le sel, le poivre, les oignons verts et les radis. Je ne mangerais que ça.

Et nous voilà repartis pour l'après-midi. Tu dis : « On découvre une nouvelle forêt, vers le quai ! » Mon Dieu ! Vers le quai, nous n'y allons jamais ! « On n'est jamais allés, Roch ! » C'est la forêt derrière l'école, la forêt bleue, la forêt des maléfices, car elle creuse, elle creuse dans la Terre. Jamais on ne s'y aventure. Mais tu es le grand frère et tout est possible avec toi. Si tu dis : « On découvre une nouvelle forêt ! », nous découvrons une nouvelle forêt, c'est tout. Tu as toujours des idées magnifiques ! Exotiques !

Fantastiques ! Tu es si courageux ! Tu pourrais construire des cabanes à même les arbres tant ils sont grands, dans la forêt bleue, tant tu es grand. En fait, cette forêt est si profonde, comme enfoncée dans la Terre, que peut-être les fumées de l'usine ne l'atteignent-elles pas. Mais les rayons du soleil se faufilent quand même à travers les branches des grands arbres. Qui sait ? Toi, tu dis que tu l'as déjà vue, la forêt qui descend vers le quai. Toi, tu dis que tu y es déjà allé, dans la forêt derrière l'école. Toi, tu dis : « Il y a des lianes comme dans *Tarzan* ! » Les grandes rient de toi : « Ça se peut pas ! On vit pas dans un pays chaud gros concombre ! » Moi, je suis sûre que c'est vrai, pour les lianes. Il faut voir. Avec toi.

En courant comme ça, nous avons déjà traversé la petite forêt, celle des voisins de l'ouest, la marécageuse, la salissante. C'est comme ça que les grands se repèrent : « On est derrière les Ouellet, ça pue, on continue ! » Nous marchons comme ça longtemps, si longtemps, avec toutes les embûches, jusque derrière l'école. Toi, tu lui fais un pied de nez, à l'école, en passant. Tu ne l'aimes pas. Tu lui dis des mots interdits qui me font peur comme des coups de poing. Et elle ne peut répondre, car c'est les vacances. Elle est muette et froide, l'été. Comme oubliée. Nous continuons, nous nous enfonçons dans la forêt derrière l'école, et je ne sais pas comment tu fais pour savoir, mais tu dis : « En direction du quai ! » Je n'y comprends rien, alors je dois faire confiance. Je dois courir vraiment très vite pour ne pas me perdre, vous allez si vite, vous les grands ! Si je reste derrière, si je me perds, arriveront les ogres, les mangeurs d'enfants. Alors je cours. Dieu merci, j'ai des aptitudes. Nous voilà donc dans notre forêt bleue de notre bout du monde à nous. Nous oublions le fleuve aujourd'hui, nous nous enfonçons dans la forêt qui creuse, qui creuse vers le centre de la Terre. Nous sommes entre les montagnes, et c'est vaste, de plus en plus creux, il fait si sombre, et c'est de moins en moins drôle parce que nous nous prenons dans les branches qui nous grafignent, et nous n'y voyons pas grand-chose, et ça saigne un peu, quand même. Mais nous, nous ne sommes pas douillets, nous sommes des loups, alors nous ne parlons pas de ces choses-là : les blessures. Il s'agit seulement de ne pas rester derrière, sinon je mourrais ici toute seule.

Quand nous n'en pouvons plus, que je commence à douter de ma capacité à ne pas pleurer, nous débouchons sur une clairière où les arbres sont chargés de quelque chose d'extraordinaire, comme des merises géantes. Des cerises? « Pas des cerises! Voyons! C'est impossible, dans notre coin de pays, les cerises! » Mais qu'est-ce que c'est que ces gros fruits rouges, tellement plus gros que les merises? Nous nous sommes déjà mis à grimper dans les arbres, comme hypnotisés: « Attention! Touchez-y pas, sont empoisonnés! » Trop tard, le jus rose coule sur ton menton et tes yeux brillent comme un vrai loup, oui, un vrai loup! Alors je plonge, et comme toi, je les dévore et ça coule. Mon Dieu que c'est bon! Pourquoi personne n'en parle jamais? Même papa et maman ne savent pas qu'il y a ça ici! Un trésor. Pas si loin de chez nous. Évidemment que nous ne leur demanderons jamais ce que sont ces fruits. Ils sauraient alors que nous sommes allés trop loin, que nous faisons les fous, que nous désobéissons. Je suppose qu'ils nous croient juste derrière la maison, comme d'habitude, dans la petite forêt, celle avec les sentiers si souvent piétinés par les enfants du voisinage, celle avec la cabane abandonnée. Jamais ils ne croiraient qu'on peut se rendre jusque dans la forêt bleue. De toute façon, c'est interdit. Et, de toute façon, ils n'ont même jamais entendu ça: La forêt bleue. On se le répétera ce soir bien cachés dans nos lits superposés: « C'était beau, la forêt bleue, hein ? » En catimini : « forêt bleue » par-ci, « forêt bleue » par-là. « Chuuut !!! » « Gros concombre ! »

Les rayons du soleil se faufilent jusqu'à nous. C'est vraiment magique ! Encore plus beau que tu ne nous l'avais dit ! Nous sommes bouche bée, nous ne parlons plus, la bouche pleine de cerises, de merises géantes, je ne sais pas, je ne sais rien, je sais seulement que c'est bon, que je passerais le reste de ma vie à faire ça avec toi. Nous mangeons comme ça longtemps, je crois. Comme si nous n'avions jamais rien mangé de notre vie. C'est trop bon. Puis la lumière se fait plus douce à travers les branches, la forêt s'assombrit. Tu dis : « On rentre ! » Tu dis : « Si quelqu'un raconte qu'on est venus jusqu'ici, il est mort ! » Les grandes rient de toi. Je n'aime pas voir ça dans tes yeux, ce que ça te fait, ce rire-là, le rire des grandes. Les moqueries des grandes. Je te dis : « Moi, ça me fait rien si y en a pas des lianes, Roch. » Elles se moquent, mais elles ne le diront pas, que nous sommes allés trop loin. Jamais nous ne le dirons. Jamais nous n'y retournerons. Jamais plus nous n'entrerons dans la forêt bleue. On ne connaîtra jamais leur nom, aux fruits prodigieux.

Demain, de toute façon, nous partons pour le sud, nous allons chez les cousins. Nous rentrons donc juste à temps pour ne pas nous faire remarquer. Le souper est déjà servi. Tu sais calculer le temps, toi. Tu sais ça, le temps de rentrer, tu sens ça, et on ne se fait jamais attraper.

À l'aube du lendemain, nous voilà sur le bateau qui nous fait traverser le fleuve jusqu'au sud. Deux heures à vomir, avant de débarquer de l'autre côté, sur le sol sucré des cousins fermiers. J'arrive à genoux, le ventre à la fois vide et plein d'amertume, mais heureuse. On vient voir la parenté. Chez eux, tout est différent. Eux-mêmes d'abord, plus robustes que nous, comme enracinés à même leur réalité, car leur terre, même si elle est plus facile à cultiver, plus douce, plus tendre qu'au nord, exige force et persévérance. Les travaux de la ferme les ont rendus aussi solides que des arbres, avec des pommes à la place des joues. Avant de traverser au nord, nos parents étaient donc comme eux? Des gens de la terre, plutôt que de la forêt? Ils le sont toujours un peu alors? Et nous? Nous sommes nés au nord, donc irrémédiablement sauvages. La « douceur » du sud? Peut-être avons-nous rêvé ça. Ou alors c'est à cause du fleuve. Il opère sur nous une transformation mystérieuse et nous devenons plus farouches à son contact, je veux dire lorsqu'on doit le traverser pour une raison ou pour une autre. Ou alors la rudesse « vient » avec le nord. En tout cas, ça nous transforme, le nord. Ça nous forge.

Ici, de l'autre côté du fleuve, rien n'est pareil. Aussitôt qu'on débarque, il y a les vaches, en lieu et place des rochers au bord des falaises. Les vaches avec leurs yeux immenses et mouillés qui parcourent nonchalamment les grands foins des prés, si rassurants, sans cesse caressés par la brise. Nous, on le trouve parfait, le sud ! Un grand paysage plat, doux comme ta main sur le dos des chats. Partout les petites fraises des champs, les fraises sauvages, gorgées de soleil, qui font saigner les doigts et nous donne des mains d'assassins. Le ramassage, c'est pour les saints de la meute – dont je ne fais pas partie : ceux qui réussissent à ne pas toutes les manger.

J'embrasse toutes celles que je touche, c'est plus fort que moi. Comment une chose pareille peut-elle exister? Nous sommes des petits carnassiers affamés. Nos dents ensanglantées brillent au soleil quand nous rions. Les « grands ramasseurs » réussissent à rapporter aux mères ce qu'il faut pour faire un minuscule pot de confiture. Les autres petits carnivores ont des taches carmin autour de leurs bouches et sur les vêtements marqués à vie. Nous sommes insatiables et nos yeux brillent du plaisir mêlé à la peur de voir le champ se vider complètement à force d'avidité.

Bien sûr, au nord aussi, on saigne ! On saigne à cause de la cueillette des bleuets, et on saigne « pour de vrai ». Nous nous rendons en voiture, à vingt kilomètres de la maison, jusqu'aux terres de sable couvertes de ces drôles d'arbustes, plutôt laids, secs et peu invitants, chargés de fruits bleus poussiéreux. Les nuées de mouches noires nous assaillent et rendent fou le bébé dans son panier. La nature, ici aussi, à sa façon, est généreuse, alors nous restons longtemps. Quelque chose comme une éternité. Lorsque les petits contenants sont pleins, nous les déversons dans les très grands. Nous repartons, avec l'espoir d'être le plus gros « ramasseur ». Nous nous grattons derrière les oreilles, sur nos doigts notre sang frais, clair et luisant, et celui séché, sombre, presque noir, se mêlent aux mouches mortes leur ventre plein à exploser. L'arrière de nos oreilles est un carnage poisseux, un champ de bataille visqueux de toutes nos vies liquides, mêlées à leurs corps agonisant de jouissance. Elles se sont amalgamées à notre suc. Même toi qui cours si vite, tu ne peux leur échapper, et tu saignes comme tout le monde. En fin de journée, nous ramenons le bébé dans son panier, morceau de choix, tout boursouflé par les piqûres. C'est la vie du nord. Notre ordinaire. Nous nous engouffrons dans l'immense voiture, nous endormons pêle-mêle, les uns contre les autres, sales et tachés, épuisés par la quête, les mouches, le soleil et la poussière.

Mais ici, aujourd'hui, au sud, chez les cousins, pas de mouches. En tout cas, pas les mêmes. Les grosses mouches à chevreuil sont sur le dos des vaches, toutes occupées par le perpétuel mouvement de leur queue, grand balayage d'éventail constant et morne. Nous, nous connaissons les vampires du nord, la petite mouche noire, alors nous nous émerveillons : « Y en a juste des grosses ! » Ça nous fait tellement rire ! C'est si facile et confortable, invraisemblable, le sud ! La douceur même. C'est comme un rêve de caramel, de guimauve fondant, c'est du gâteau synthétique aux fausses cerises, avec un glaçage rose de colorant alimentaire. Nous n'arrivons pas à y croire, avec nos grands yeux de loups sauvages. Nous nous sentons comme le loup, oui, justement, devant la première maison des trois petits cochons, la maison de paille, la maison extraordinairement facile à « souffler ». Et la meute ne se lasse pas de parcourir ce sud de crème fouettée !

À quelques pas de la ferme, la crémerie de tante Albertine et ses cornets de crème glacée molle à volonté. Nous les dévorons en écoutant les meuglements exotiques des vaches grasses et languissantes, offertes au soleil. Nous nous demandons si elles savent que c'est de leur lait que nous nous régalons, que c'est à cela qu'elles servent. Le sacrifice d'une vie de vache pour un cornet de crème glacée qui fond dans la bouche, qui coule sur le visage et sur les vêtements des petits affamés, insatiables que nous sommes. Mais leurs grands yeux humides ne semblent nous voir que comme faisant partie du paysage. Nous ne sommes que papillons légers planant au-dessus de l'herbe, chatons qui se chamaillent et s'empêtrent dans les talus de framboises, nuages en flocons traversant le ciel. Nous ne sommes que de la vie qui bouge.

Et puis, après deux jours de vaches grasses, il faut bien retraverser vers notre réalité du nord, réalité des bêtes qui, si elles nous observent, le font tapies et méfiantes au fond du bois, derrière le sapinage. Mais non ! Elles ne nous observent pas. À peine nous ont-elles vus ou entendus qu'elles détalent ! Elles sont impossibles à apprivoiser. Nous demeurons des intrus qu'elles doivent fuir coûte que coûte. Il aurait été surréel de penser caresser un lièvre, par exemple, ou d'amadouer une famille de perdrix. Nous avons toujours le sentiment d'être les premiers humains de leurs vies. Pourquoi sommes-nous là, d'ailleurs ? Qu'allons-nous faire dans leur réalité pure ? Nous ne sommes pas sauvages à ce point. Juste habitués à cette rudesse, sans avoir l'impression de vraiment y appartenir. Alors quoi ? Qu'est-ce que nous faisons là dans ce monde rude et froid ? C'est là que nous sommes tombés du ciel ?

Je m'endors très vite en rentrant du quai, le cœur tout chamboulé par le mouvement du bateau sur les vagues. Enfin ! Pouvoir fermer les yeux dans mon lit qui sent si bon et qui ne bouge pas ! Ne plus vomir. « Mon Dieu, faites que plus jamais... » Demain, nous descendrons au bord de la mer. Maman dit qu'il s'agit bien du fleuve, mais comme de chez nous on ne voit pas l'autre berge, qu'il s'étend comme ça jusqu'au ciel, qu'il est encore très salé, il est notre mer à nous. Il est bien assez grand. Quand nous y allons, nous ne sommes jamais très loin de la maison.

Je n'arrive pas à terminer ma prière, déjà les anges de la nuit m'emportent dans leur grand mouvement d'ailes si doux, si infiniment puissant, irrésistible.

Le bébé est endormi sur la couverture à carreaux, à l'ombre de la grosse glacière rouge remplie de pain blanc, de beurre, de jambon en tranches, de moutarde jaune et de Kik Cola à la fraise. Aussitôt débarrassés de nos vêtements, nous courons vers l'eau, prenant notre élan, comme des oiseaux éclaboussés de soleil. Nos cris retentissent, étranges. À ce moment, au contact de l'air du fleuve, nous sommes des goélands. Nos corps blancs, enfin libérés de leurs vêtements, s'envolent, pour aller se jeter dans cette eau glacée dont nous nous accommoderons courageusement. Nous voilà bien chez nous, au nord. Nous courons. Nous courons.

Nous savons qu'en plongeant au cœur de l'eau nous devrons affronter les terribles couteaux de glace. Mais nous savons aussi que nous n'en mourrons pas, et nous plongeons. En tête, les plus grands, exaltés. Derrière, les plus petits, hurlant, à bout de souffle : « Attendez-nous ! Attendez-nous ! »

Car il ne faut pas rester derrière. Aucun des grands oiseaux ne vérifiera si nous suivons. Aucun des grands oiseaux ne reviendra nous chercher, ne remarquera notre disparition. Et qui sait ce que nous rencontrerons, tout seuls dans l'immensité de la grève, sans protection. Les oiseaux doivent rester regroupés, c'est bien connu, on n'a qu'à regarder le ciel, on n'a qu'à les regarder dans le ciel, c'est facile à voir ! Alors on court à s'en arracher les jambes, à s'en défoncer les poumons, car nous ne sommes que des humains maladroits. Mais, on a beau dire, l'âge ça compte : cinq ans, ça n'est pas comme dix ans. Nous sommes dépourvus d'ailes, et pourtant, de l'intérieur, vraiment, en courant parfois, il nous semble ne pas être si différents de nos frères du ciel.

C'est dans toute cette lumière qu'en ce jour de marée basse, toi en tête, nous avons désobéi et sommes allés jusque là où c'est interdit : jusqu'à l'eau toute sombre, au loin, quand elle se retire, quand elle glisse de la plage vers le sud des cousins. Le fleuve obéit à la lune, sa mère. La nôtre, notre mère, est seule avec nous aujourd'hui. Le père est au loin. Nous promettons de rester sur le sable, de ne pas aller à l'eau. Sans elle. Le temps qu'elle change la couche du bébé, qu'elle le nourrisse, sur la couverture à carreaux.

Après que nous avons bien promis, la meute transformée en volée d'oiseaux marins plane au-dessus du lit du fleuve, dégagé par la marée basse. Quelle joie ! Quelle liberté ! Comme il est grisant d'appartenir au vent, de ne faire qu'un avec lui, d'être le vent ! Puis, au terme d'une longue course, il nous apparaît, lui, le Saint-Laurent, différent, comme nous ne l'avons jamais vu : jamais nous ne sommes allés si loin.

Comme il est étrange à marée basse ! Étrange et attirant. Lorsque le fleuve s'est retiré au loin, comme ça, il en faut du temps pour traverser le fond sombre et glaiseux, avec ses vaguelettes de sable ferme qui font si mal à l'arche des pieds. Pour se rendre jusqu'à lui, il faut marcher si longtemps. Nous nous disons, avec nos petits pieds libres des souliers : « On marche au fond du fleuve ! Il est comme ça, le fond, quand il n'y a pas toute l'eau au-dessus pour faire tenir les bateaux ! » Nous ne pouvons plus courir aussi vite, alors nous vagabondons un peu et nous faisons des découvertes merveilleuses d'algues et de rochers, de coquillages rares et de petites bêtes perdues, les malchanceuses, qui se sont fait attraper par la descente rapide de l'eau et qui risquent la déshydratation ultime.

Nous ne savons pas que l'eau a déjà commencé son mouvement vers la côte. Ça commence si doucement, le retour. Imperceptiblement. Et puis nous ne savons pas encore que nous allons désobéir et toucher à cette eau interdite : l'eau du large. Puis cela se fait très rapidement sans que nous puissions nous en rendre compte, trop occupés à jouer dans les petites flaques. Nous avançons toujours un peu plus vers l'eau sombre balayée par le vent, c'est plus fort que nous. Et puis toi, évidemment, tu t'es beaucoup avancé vers le large, si large et si sombre. Terriblement opaque. Une des grandes crie qu'il faut revenir vers la grève. Mais déjà tout a changé. De grandes étendues d'eau se sont formées pendant que nous jouions.

Te voilà qui reviens de si loin. Tu as sauté à l'eau dans un grand cri de joie féroce, sans savoir à quel point elle avait changé de l'intérieur. Tu as été surpris par la profondeur sous tes pieds. Cette flaque était donc devenue abîme ? Soudain, tu disparais. Puis tu remontes à la surface et disparais encore, remontes, et t'enfonces de nouveau. Tu te débats, puis tu te fonds à l'ombre horrible, aspiré par elle.

Lorsqu'on marche longtemps à marée basse du fleuve, ou même si on court, à un moment, à un moment on arrive à l'eau, mais elle est si profonde, tout à coup ! Il faudrait le dire à tout le monde, il faudrait le dire dans les livres, à la télé, à la radio. Il faudrait installer des pancartes lorsqu'on arrive à la plage, comme on le fait pour les requins chez les Américains. Elle peut être si profonde, l'eau. Sans avertissement ! Oh, notre frère ! Tu n'as plus refait surface. C'est-à-dire que d'abord, ton corps montait puis descendait. Les yeux exorbités, le souffle en appel, la panique dans chaque parcelle de toi, comme avalé par un tourbillon, tu émergeais de nouveau, puis disparaissais encore. Trop vite. Ça va trop vite. Une éternité pourtant, tatouée sur la pupille de nos yeux, à jamais, jusqu'au moment de ne plus sortir du tout, et c'est la fin du monde pour des enfants, imagine pour des parents.

Maman. Papa. On est trop petits pour être des héros. Notre frère. Pardon. Personne ne sait nager. Pardon. On n'a rien su faire. Pardon. Comment ne pas détester notre impuissance ? Comment se fait-il qu'elle ne nous ait pas désintégrés ? Comment se fait-il que nous ayons survécu ? Et qu'est-ce qu'on peut bien dire d'autre que la vérité ? Quand bien même on voudrait fixer ce moment si bref : toi qui te débats en silence, toi qui descends, l'horreur sur ton visage aimé, toi qui remontes. Tout cela arrive si vite : toi qui es là, toi qui n'y es plus, toi qui es là encore avec la terreur, toi qui ne seras plus jamais là. Tu ne remonteras plus, nous n'aurons pas le temps de le comprendre, il faut y être, et très concentré, ne pas penser à autre chose, croire ce qu'on voit, ne pas douter. Est-ce que c'est un rêve ? Non. La réalité. Que ceux qui n'ont pas bien vu se le tiennent pour dit. Il faut juste être attentif.

Où es-tu ?

Et qu'est-ce que nous pouvons bien faire d'autre que courir, courir, courir vers elle, la femme sur la plage avec le bébé ? Celle à qui nous avions promis de ne pas aller à l'eau avant qu'elle ne soit avec nous. Celle qui était responsable de nous. Celle que nous allons bientôt tuer en lui criant la vérité, d'abord sans mots, bégayant, cherchant notre souffle, tous en même temps comme des loups fous. Puis un mot par-ci, par-là : Maman, Roch, tourbillon, trop creux, noir, disparu. Impossible de dire autre chose que la vérité puisque tu n'es plus là et que de toute façon c'est terminé, la joie. Le monde peut bien exploser et nous avec.

Ce jour-là, du haut de la côte, on voyait le fleuve, majestueux, baigné de lumière scintillante, c'était une splendide journée d'été. C'était la marée basse. Ce jour-là, des enfants couraient sur le sable, revenant du large. Ils criaient comme des mouettes. Du haut de la côte, ça devait même être joli.

On ne pouvait pas reconnaître la vérité de si loin. Ce n'était pourtant pas un jeu. Ils étaient affolés, les enfants. Ils étaient terrorisés.

Nous ne connaissons pas encore le cri du malheur. Nous n'avons encore jamais été confrontés au très grand malheur. On peut dire, je crois, qu'avant « l'évènement », nous avions bien vécu cette vie qui était la nôtre, celle qui nous était offerte par Dieu, avec ces parents-là, ces origines-là, ces ancêtres-là, cette lignée-là. Oui, on peut dire ça. Mais à ce moment-là, le cri qui sort de nos corps nous est totalement inconnu. Ça goûte le sang dans nos bouches. Nous revenons du large en courant et nous crions : « Maman ! Maman ! Maman ! » À ce moment, c'est raté. Notre vie est ratée. On ne savait pas nager. On serait morts avec toi. On pense : « Ils vont nous tuer ! » Il y a une bombe dans notre poitrine. Il faut qu'elle explose de toute urgence. Une bombe à l'intérieur, quelque chose d'épouvantable, d'indescriptible et de beaucoup trop gros pour nous.

Je criais parce qu'on avait désobéi. Je criais parce que je n'avais pas écouté. Je criais parce que je sentais que c'était raté. Je criais parce que je voulais que ça s'arrête, la réalité. Je criais parce que je ne savais pas comment revenir en arrière. On avait tout raté. À cause de nous, c'était fini la joie. Peut-être que je ne criais pas, après tout, ou enfin seulement de l'intérieur, sans sons, comme les poissons. Je voudrais tant que nous ayons écouté, comme le fleuve écoute la lune. Sa maman. Tu es mort de peur. L'autopsie le dira.

À la fin de cet après-midi d'été, nous nous retrouvons assis en cercle dans notre petit salon, comme pétrifiés. Je ne sais pas comment nous sommes arrivés chez nous. Papa est sans doute venu nous chercher à la mer, je ne sais pas, je ne comprends plus rien, tout s'embrouille. Les choses ont changé. Tout est changé maintenant, même l'air qu'on respire. Personne ne parle, même pas les petits. Ça sonne à la porte. Un enfant zombie sort du cercle pour aller répondre. Une voisine aimerait savoir si un de nous veut aller dormir chez elle. Les parents comme des statues de sel nous demandent ce que nous voulons faire. Nous disons : « On reste. » Encore le silence plein de sel, encore la sonnette de la porte, des amis cette fois, et les parents qui nous demandent ce qu'on veut faire, et nous, les petites statues, nous disons : « On reste. » Comme ça jusqu'au coucher du soleil. Personne n'allume les lumières. Peut-être qu'on n'en fera plus jamais, de la lumière. On reste là, dans notre cercle de sel, seulement éclairés par la lueur du lampadaire devant la maison. Puis un parent zombie dit : On va se coucher. Personne ne rouspète, même pas le bébé, la plus petite des statues. Personne ne pense à se brosser les dents, nous n'avons plus de salive, nos lèvres sont scellées et craquelées comme le désert, désormais inutilisables. De toute façon. Et puis nous ne mangerons plus jamais. Nous ne brosserons plus jamais nos dents, de toute façon.

Nous allons nous coucher comme ça, dans nos habits de plage, pleins de sable et de sel, et nous oublions tout. Tout ce à quoi nous pensions avant, les choses douces dans la tête qui vous conduisent au sommeil. Nous nous couchons sans dire un mot. Sans même l'idée d'un mot. Il n'y en a plus, de toute façon, ils sont au fond du fleuve avec toi. Pétrifiés. Ils ne nous appartiennent plus.

Nous allons nous coucher comme ça, et au bout d'un très court moment, plus rien, pas un son. Même pas celui très délicat d'une main qui se pose sur un front, ou celui d'une main dans une main, d'une main qui tapote un dos, d'une main qui cherche et qui trouve une autre main. Aucun bruit. Un silence de mort. Celui avec ton visage incrusté dedans. Nous nous retrouvons chacun dans nos petites cellules de misère, dans nos lits superposés, chaque abeille dans son trou de ruche, collés, mais avec une cloison entre elles. On dirait qu'on joue à qui ferait le moins de bruit et nous sommes tous des champions. Peut-être que nous ne pouvons pas nous toucher – tout à coup qu'on se briserait. C'est comme ça pour les statues de sel.

Au bout d'un long moment, infini, un cri terrible, celui de maman, un cri de bête à l'agonie qui déchire la nuit. Nous ne dormirons plus jamais de notre vie. Il y aura toujours ce cri de bête qui se fait arracher sa chair, son cœur et son esprit. Toujours, il retentira dans la nuit de notre fin du monde à nous.

Le lendemain, « pour le moment », nous ne pouvons plus rester dans la maison de larmes. « Pour son bien », la meute sera dispersée à travers la ville, chez les amis, les voisins, le temps que nous retrouvions ton corps. Je serais bien restée assise comme ça, sans déranger, en statue, mais ensemble, avec « nous ».

Je ne sais pas où je suis. Je me sens perdue moi aussi, peut-être pas aussi perdue que toi, mais perdue quand même, dans ce quartier étranger. Et puis je n'arrive pas encore à croire à ta mort. Je patiente en essayant de respirer. Je suppose qu'ils ont pensé que nos tympans ne supporteraient pas les cris de maman. Je suppose qu'elle n'arrête pas, qu'elle est suspendue au plafond comme une mouche, qu'elle ne peut descendre tant qu'ils n'auront pas retrouvé ton corps. Peut-être qu'elle n'aura plus de corps tant qu'elle n'aura pas revu le tien, à cause du cordon ombilical. Et puis, pour le reste, je suppose que c'est ce qu'il y avait à faire : disperser la meute, le temps qu'on te retrouve, histoire d'avoir les idées claires devant le monsieur de l'hélicoptère. C'est vrai, comment garder ses idées claires quand une meute avec ses grands yeux attend, sans détacher son regard de vous. Il y a les grands et il y a les petits. Deux planètes qui parfois doivent se séparer parce que les grosses planètes peuvent aspirer les plus petites, les désintégrer. C'est comme à Noël, la table des petits, la table des grands. Pardon, demandent les yeux. « Pour l'amour, pardonnez-nous, à nous, les petits cons, qui avons désobéi. Pardonnez nos offenses. Délivrez-nous du mal, délivrez-nous du bien que nous n'avons pu faire. »

Nous allons chez des « gardiens », amis, je suppose. Mais, comme nous sommes nombreux, il faut plusieurs familles d'accueil. Je ne les connais pas ou je ne les reconnais plus. Qui sont-ils ? Je suis une planète suspendue dans un système étranger et je perds ma chaleur. J'ai peur de ne plus jamais pouvoir la récupérer. J'ai peur de rester dans le sel et la glace, j'ai peur de rester dans la glace salée du fleuve, j'ai peur de passer ma vie à t'attendre au fond du fleuve noir. Je sens bien qu'il y a tout ce qu'il faut à l'intérieur de moi pour accomplir ce genre de lamentable prouesse.

Derrière la maison de mes gardiens, dans un autre quartier de la ville, sur le minuscule terrain sans fenêtre sur le fleuve, une souris moribonde. On la dirait empoisonnée, occupée qu'elle est par son souffle. Tout son corps est un cœur, elle n'est qu'affolement, les derniers sursauts d'un cœur. Petite boule de poil vulnérable au milieu de l'été, que t'est-il arrivé ? Toute cette vie étalée. Elle se cache à ma vue, la petite souris, mais pas au point de s'enfuir. Elle n'en est plus capable. Sa force l'a quittée. Je voudrais faire quelque chose, lui éviter la souffrance, mais comment?

Des garçons inconnus proposent de la transpercer, de l'achever. Je dis non merci. Je suis ridicule. Je ne suis moi-même que maladresse et incapacité à vivre. Ils s'en vont en riant mollement, pires que des vers de terre. Je n'ai plus de sang à l'intérieur, un goût de métal, à présent, un goût d'usine. Je me résigne à attendre la mort de la souris avec elle, au moins elle ne sera pas seule pour vivre ce moment inéluctable. Elle tremble. Je lui construis un hôpital avec des brindilles et je cherche un docteur, mais toutes mes poupées sont restées dans la maison de larmes. Le vent fait frémir les feuilles les plus hautes dans les arbres. Je lève les yeux, libérée un instant de sa souffrance. L'or du ciel m'éclabousse, un ciel si beau, qui crève, à l'opposé du cauchemar. Et puis la chaleur que ça fait, le soleil sur la peau, on y passerait le reste de sa vie et on ne s'ennuierait jamais, tu sais, comme un nid. Pendant ce temps, l'hélicoptère cherche ton corps, mon frère. Tu es au fond du fleuve maintenant, mais ils disent qu'un corps ça remonte toujours.

J'ai tant de mal à retrouver mon chemin dans ce quartier inconnu de la ville, chez les étrangers. Les maisons ici sont toutes pareilles, construites à la chaîne pour contenir les travailleurs et leurs familles. Rien ne les distingue les unes des autres. Je me perds tout le temps. Et cette araignée qui me mord le centre de la poitrine, même si elle se cache quand je regarde sous mon vêtement, je sais qu'elle est là. Je suis perdue, aussi perdue que toi, même si je suis sur la soi-disant terre ferme. Et tout ce sel qui revient sans cesse dans ma bouche, comme une marée de fin du monde chargée d'un limon empoisonné. Qu'est-ce que je peux faire d'autre que de me laisser gruger par l'araignée en feignant que c'est normal ? Je dois aussi faire semblant que c'est normal, être toute seule avec la petite souris moribonde. Si on se met à crier toutes les deux pour faire sortir nos araignées, car elle aussi a la sienne, minuscule sur sa toute petite poitrine, si on se met à crier, personne ne comprendra. Et moi, je serai incapable de dire que mon frère est mort. J'ai fermé cette porte-là. C'est trop grand pour moi. Est-ce que je vais mourir moi aussi, comme ma toute petite sœur souris ? Est-ce que mon araignée est la mère de la sienne ? Peut-être que si on les réunissait, la mère et la fille, elle nous laisserait mourir tranquilles ? Tout à coup c'est comme s'endormir. Mon Dieu, je t'en supplie.

Est-ce qu'il s'est déjà déplacé, ton corps, en ce moment ? Tu n'étais pas très loin, quand on y pense. Mais nous avions couru. Peut-être es-tu maintenant au centre du fleuve. Mais à présent il a tout recouvert et le fond est redevenu le fond, et les bateaux sont loin au-dessus et le fleuve est immense, beaucoup trop grand pour toi, pour nous.

Pendant que je jouais avec les rayons du soleil, la petite souris s'est enfuie. Je la cherche partout. Elle a disparu. Mon Dieu, faites que sa famille la retrouve. Mon Dieu, faites que sa famille la protège pour toujours. Merci, mon Dieu.

Au deuxième jour chez les étrangers, au deuxième jour à attendre des nouvelles de toi, je me perds encore et me retrouve dans une cour de sable, derrière une maison qui paraît abandonnée tant elle est mal entretenue. La peinture d'un ancien bleu turquoise s'écaille sur les murs, les vitres sont sombres et sales, on n'a pas pris le temps de faire pousser quoi que ce soit, cette maison a été un jour déposée sur une butte de sable, et c'est comme ça, voilà tout. Je ne savais pas que ça existait.

Un des garçons sadiques du premier jour m'y retrouve. Le petit musclé avec la bave qui coule. Il veut de l'argent. Je n'ai rien. Je ne sais même pas ce qu'on peut ressentir quand on a ça : de l'argent dans ses poches. Qu'est-ce qu'il croit ? Que je suis une femme, ou quoi ? J'ai cinq ans, c'est tout.

Tout de suite, il me tord le bras et le remonte dans mon dos, comme dans les films à la télé que les filles de la meute n'aiment pas. Il me plaque contre le sol, ma bouche s'emplit de sable, avec le sel des larmes, ça fait presque de la lave. Tout de suite le nez qui saigne, et les yeux qui ne voient plus. Il me menace avec un couteau à beurre, mais c'est quand même un couteau, tu sais, alors j'ai peur, vraiment. Je ne suis pas aussi brave que toi. Peut-être que c'est parce que j'ai cinq ans. Peut-être que lorsque je serai une femme, si je me rends là, je n'aurai plus peur. Patience.

Il dit : « Si tu bouges, je te tue ! » Je ne bouge pas du tout. Grâce à lui, je découvre que même si je t'aime, je ne veux pas mourir, comme toi, si c'est vraiment pour toujours. Je ne sais pas pourquoi, mais c'est plus fort que moi : je veux vivre. Alors je ne bouge pas, ce qui lui permet d'attacher les lacets de mes chaussures. Mais pas avec les lacets du même pied. Ceux du pied droit avec ceux du pied gauche. Il fait des centaines de nœuds. Jusqu'au bout. Un chapelet de nœuds. Il lui faut presque une heure. Il prend son temps. Le couteau à beurre brille sur le sol juste à côté, je ne le regarde même pas, je fais comme s'il n'était pas là ; je ne saurais pas m'en servir. Lui, il est tout occupé à son travail de méchant. Ensuite, il fait un trou dans la terre et y fait disparaître mes deux pieds en les recouvrant de sable. Puis il reprend son couteau et caresse mon visage en me disant que je dois l'écouter, sinon…

Ça dure une éternité au bout de laquelle il semble se lasser, ne trouvant plus tout cela très intéressant. Puis il s'en va en me laissant là, toute seule dans la cour de sable sec. Il ne m'a pas tuée. Je finis par m'extirper du trou, par me lever. Je retombe aussitôt : mes pieds sont attachés très solidement l'un à l'autre. Les nœuds sont trop serrés – il s'est appliqué pour que je ne puisse pas les défaire.

Je traverse finalement la cour, puis la rue, sautant, appelant silencieusement à l'aide, kangourou fou et muet, car l'araignée garde l'accès à la parole. À l'intérieur, ça crie: «Au secours! Au secours!» Mais dans le monde, dans la rue, aucun son ne sort de ma bouche. Je suppose qu'il m'a attaquée parce que j'avais l'odeur de l'araignée sur moi, ou l'odeur du trou fait par l'araignée. Je suppose que, si on a envie ou besoin d'attaquer quelqu'un pour une raison ou pour une autre, on se tourne plus facilement vers ceux qui sont déjà affaiblis, que cet abattement doit sentir quelque chose. Une odeur comme celle du sang ou de la viande crue, ou le sel des larmes, ou les deux. Je ne sais pas. Mais on dirait quand même que lui, il attendait quelque chose comme ça. Un endroit tendre à crever, tu comprends? Pour aller y enfouir son cauchemar à lui. Un peu comme toi, tu sais, quand tu te défoulais sur moi de tes misères à toi. Mais lui, je ne l'aime pas, c'est très différent. Je pense que ça va toujours être à recommencer: il ne sera jamais rassasié. Il faudra toujours un autre petit, puis un autre, puis un autre. Peut-être qu'il choisira toujours des petites, vu que c'est plus petit encore que les petits.

Autrement ça ne marche pas, car alors c'est lui qui se ferait battre. Normal. Mais reste que les pires, c'est les souris.

Il me faut du temps pour retrouver la maison des gardiens. Une éternité, il me semble. Je n'ouvre jamais la bonne porte et me retrouve dans d'autres cuisines, chez d'autres étrangers.

Au bout de ces trois interminables jours, un pêcheur retrouve ton pauvre corps échoué sur la berge, à l'ombre d'un arbre, au milieu des algues et de la mousse jaunâtre vomie par l'usine de papier. Nous pouvons alors faire ce qu'il faut au salon funéraire, à l'église, au cimetière et tout ça. Et puis, tu comprends, je peux enfin retrouver papa, maman, la meute, et ainsi savoir où je suis.

Ton corps dans la tombe est boursouflé par son séjour en mer et tous ces petits trous sur ta peau d'amour de chef de meute, comme les cratères de la lune. Ils avaient déjà commencé à te grignoter au fond de l'eau : les trous sont minuscules, pas comme dans la mer aux requins. C'est bien toi ! Roch. Le vrai Roch, mais mort et enflé, grignoté. Notre frère. Leur fils. C'était donc vrai ? Ça n'était pas un cauchemar que nous avions fait en famille ? Tu t'es noyé. Dieu merci, j'ai pu voir ton corps mort dans la tombe pour comprendre un peu la fin. Je veux dire, voir la vérité en face, voir que la mort ça existe et que ça arrive à tout le monde et tout ce qui vit, et tout, et tout. J'ai vu ton corps avec sa peau, ton corps mort, et c'est très important pour une enfant, imagine pour des parents. Sinon, je crois que je ne les aurais pas crus. Ça fait beaucoup à comprendre. Autour de la tombe ouverte, au salon funéraire, autour de la tombe fermée à l'église, autour du trou dans la terre, avec toi dedans, la tombe fermée, au cimetière, partout, « ça » pleure comme ce n'est pas permis. Des torrents viennent élargir le fleuve. Il est monstrueux à présent. Les tantes, les oncles, les cousins du sud, les familles, les amis, les voisins, les scouts chantant *Ce n'est qu'un au revoir, mon frère,* le curé, la ville, il me semble. Car ce n'était pas dans l'ordre des choses. Tout le monde est d'accord là-dessus.

Les premières semaines après ta mort ont anéanti le temps et nous font exister sans repères dans un monde fait d'ombres glauques, une ambiance de cataclysme, de nausée continuelle. Les rideaux fermés pour toujours à ce qu'il nous semble, à nous, la meute. Les desserts, cadeaux humanitaires des voisins, s'alignent sur le comptoir de la cuisine, carrés aux dattes, tartes au sucre, gâteaux de toutes sortes. Les pâtisseries. Mais nous, on a perdu la clé du plaisir, alors on ne les voit pas dans nos errances. Nous, la meute, on fait semblant d'être encore des enfants, avec des poupées dans les bras, des animaux en peluche dans des brouettes, mais ça ne couvre jamais le son assourdi de l'oppression générale. On fait semblant de toute façon, car la vérité, c'est qu'on a oublié comment on fait pour jouer. Avant, ça venait tout seul, maintenant on doit se forcer et ça sonne faux. Nous faisons semblant. Pour faire quelque chose. Parce que si nous regardons papa et maman, tout va s'effondrer et il ne restera rien, comme après les tremblements de terre, nous ne pourrons plus nous tenir debout.

Le monde intérieur. Des traces de toi partout. Les vêtements et les jouets bien sûr, mais aussi des mots écrits sur des bouts de papier, sur tes vieux cahiers d'école. Tes vieux cahiers de cancre. La calligraphie figée dans l'enfance. Ton coupe-vent noir, nouvelle doudou pour l'épave qu'est désormais maman, doudou toujours mouillée de ses larmes. Maman. C'est bien nous qui avons tué ses yeux, lorsqu'à bout de souffle, nous avons crié que tu étais resté dans l'eau, que tu ne remontais plus, que tu étais « pris » dans l'eau. On les a vus mourir, ses deux yeux, en même temps, en parfaite synchronicité. Comme quand on éteint, le soir avant d'aller dormir et qu'on ne voit plus où on est, que tout se transforme complètement en une fraction de seconde. Et tout ça à cause du doigt sur l'interrupteur. Noir. Clair. Noir. Clair. J'ai peur. Ça va. Vivant. Mort. Ils étaient vivants, et tout de suite pendant qu'on parlait tous en même temps, en lui disant que tu étais resté dans l'eau, ils se sont éteints, les deux phares en même temps.

Puis elle ne parle plus de toi. Jamais. Souvent elle pleure de ses yeux morts. Toujours, il me semble. Elle pleure de ses yeux creux. Elle n'a plus d'enfants. Ses yeux morts ne lui permettent plus de nous voir, nous les autres, les pas morts. Ils ne peuvent que couler, s'écouler d'eux-mêmes comme ça jusqu'à l'infini des larmes. C'est d'une grande évidence et c'est bien normal, quand on y pense. Comment faire autrement? Nous, nous sommes entrés dans la transparence, comme noyés avec toi. Elle est le fleuve des larmes, une mère fleuve, oui, liquéfiée, intarissable d'eau salée, une forme triste de maternité trouée, ou un poisson mort sous les eaux, le ventre ouvert, béant. Brisée. Coupable. On a beau cogner contre la paroi de son désespoir, elle ne nous entend plus. Puis on ne cogne plus. Ce prénom intolérable dans son unique syllabe, il devient silence. Il devient l'air même qu'on respire, avec les fumées de l'usine. Nous, nous continuons. Papa aussi. Il remet son complet, sa cravate et son chapeau et retourne travailler. Comme ça, nous avons encore une maison, des vêtements et de quoi manger. Elle aussi. À partir du moment où elle se relève, elle se remet à caresser la maison avec un linge blanc de la cave jusqu'au grenier, du matin jusqu'au soir. Elle continue à nous faire à manger, à laver nos vêtements. Ils assurent, nos parents. Nous, je ne sais pas. Je ne sais pas si on sait faire ça.

Ce qu'il reste de toi. L'absence magnifie la moindre de tes traces. Plus rien ne te concernant n'est ordinaire. Toujours tu resteras celui qui a été emporté par le fleuve, toujours nous resterons les survivants déroutés, hébétés sur la berge glacée. Nous voilà comme une meute de loups-zombies égarés.

Dans cette nouvelle glu qu'était devenu le temps, l'ombre dense nous cachait, le plus souvent, la moindre éclaircie. Mais, comme souvent n'est pas toujours, des choses ma foi belles sont quand même arrivées pour nous sortir ponctuellement des ténèbres et du découragement. D'abord, et très vite, il y a eu l'école, fenêtre ouverte devant le fleuve. Le miracle de la maternelle, une demi-journée à l'extérieur de la maison de larmes. Je suis la plus grande des petits et c'est mon tour à moi, enfin, d'aller à l'école.

J'ai tant attendu ce moment, avant que tu sois mort, et encore plus, depuis, si c'est possible. Comme si je pressentais qu'on y respirait mieux. Je ne savais pas qu'il faudrait que tu meures pour que j'y entre, je veux dire, je ne savais pas qu'il y aurait quelque chose d'aussi incroyable, d'aussi inimaginable, d'aussi incommensurable juste avant cet événement que j'attendais avec tant d'impatience : la maternelle. Une bénédiction pour moi, même si je savais que toi, grand frère cancre, tu la détestais. Comme tu n'es plus là, tout juste avant la rentrée, la toute première rentrée, j'essaierai de « comprendre » tout cela à ta place. Tout y est si clair, en commençant par mademoiselle Lévesque. Elle ne semble pas connaître le chagrin : deux pierres précieuses à la place de ses yeux et plein de petites rides toutes fines autour parce qu'elle rit tellement souvent, plus que la moyenne des humains, je suppose. La preuve que ça laisse des traces, la joie. Alors j'attraperai un peu de sa force et je grandirai quand même. Je ne lui apprendrai pas le chagrin, qu'elle reste dans l'ignorance, et qu'on respire à travers son ignorance du chagrin. Il faut en profiter, d'autant que c'est une demi-journée.

Je ne comprends toujours pas pourquoi tu ne l'aimais pas, l'école, elle est si belle, on y respire si bien, et toutes ces choses qu'on y apprend et toute cette lumière et tous ces sourires de mademoiselle Lévesque. J'ai tellement hâte à demain ! Mais je suppose que, lorsqu'on est cancre, c'est le contraire, que c'est tout cela qui est l'enfer, à moins que quelque chose ne m'ait échappé. Je m'ennuie de toi. Beaucoup. Tu ne peux plus m'expliquer quoi que ce soit. Dorénavant, je dois comprendre toute seule.

Je reviens le midi, retrouve l'ombre de maman qui a déjà tout nettoyé – les petits, la maison –, fait sa toilette, répondu aux fournisseurs de lait, de pain, de nettoyage à sec pour les habits de papa et qui a préparé le repas comme avant.

Tout le monde vient dîner, puis repart. Je passe l'après-midi avec elle pendant que les petits font la sieste. Elle s'effondre alors quelques minutes sur le sofa bleu de mer, comme prostrée, avant de se mettre à la vaisselle. Je ne bouge pas, j'attends de voir comment elle va s'en sortir aujourd'hui. Parfois elle s'endort un moment. Alors je peux m'asseoir tout près d'elle, pas trop près quand même, et attendre qu'elle se réveille. Je ne bouge pas, même pas les cils. Je peux voir les larmes aux coins de ses yeux. Elle pleure dans son sommeil. Mais, parfois, elle allume la télé, et pendant que les plus petits de la meute font la sieste, elle et moi, juste nous deux, nous écoutons un film d'amour. Je me demande si elle sait que je suis là, juste à côté d'elle.

Nous écoutons, côte à côte, un autre film d'amour. À la fin, je pose toujours la même question : Est-ce que ça a bien fini ou mal fini, maman ? Elle sursaute à ma voix. Elle semble revenir de si loin, d'un très long voyage. Alors tout est possible. Je suis pendue à ses lèvres. « Oui, on peut dire que ça a bien fini, ma fille » ou « non, on peut pas dire que ça a bien fini, ma fille ».

Les petits se réveillent. Il faut changer les couches, faire très vite la vaisselle, une brassée, plier le linge ou le repasser. Les grands rentrent de l'école, puis le père du travail. C'est le souper, puis les devoirs, puis la télé, puis tout le monde va dormir.

Ce premier automne sans toi aura aussi eu la couleur stupéfiante de l'été des Indiens à son plus rouge, à son paroxysme d'exubérance, d'audace et de splendeur, miroir violent et si beau sur les lacs de notre région. Ces lacs, pourtant si lisses en surface, sont remplis des arbres de la montagne, débordants des jaunes les plus chauds, des rouge vin les plus voluptueux, des orangés tachetés de noir et de violet, bouquets de joie pure. Un soir où nous sortons en balade, papa ralentit la voiture pour que nous voyions le ciel s'embraser au couchant, le feu partout sur le lac.

Puis l'hiver arrive enfin.

À l'aube, nos pieds nus dans la première neige, avant que les parents ne s'éveillent. Nous tournons dans nos jaquettes, toupies roses, bleues, jaunes, mauves, nos têtes renversées vers le ciel, nos langues offertes aux flocons piquants de givre, infatigables. Reconnaissantes. Puis nous rentrons en catimini, fières de cette audace. Derrière nous, pourtant, demeureront les traces incriminantes de nos petits pieds à la plante désormais rouge feu, sur la neige ouatée.

Nous voilà donc bien loin de l'été, au fil du temps, à mesure qu'on entre dans l'hiver, le fleuve se fait de plus en plus discret sous la glace, il se confond avec la terre. Tout est blanc : le ciel, le fleuve et la terre. Tout est comme effacé. Une trêve. Chez nous, au nord, il y a peut-être plus de douceur l'hiver, quand même. Alors que dehors le froid pourrait nous mordre cruellement, facilement nous tuer, à l'intérieur, on est au chaud. Et ça peut devenir le paradis, nous transformer, faire de nous des loups apprivoisés, l'espace d'un moment, au cœur de la maison qui sent si bon. Et puis qui dit que les vrais loups n'ont pas entre eux des moments de douceur ? Et, pour l'occasion, deviennent tendres poissons, tiens ! Ainsi, nous nous mettons en une rangée de petites sardines, au bord de la fenêtre, face à la baie, étendus sur le plancher de bois chauffé par le soleil. Pacifiés. Dans nos sous-vêtements d'un blanc immaculé, nous sommes étendus, « cordés », juste à côté du vieux berceau de nos ancêtres rempli de géraniums, qui eux aussi boivent les ondes de chaleur délicieuses capables de traverser la vitre bleuie par la pollution de l'usine d'aluminium. Cela tient du miracle. Nos corps, presque nus, par ordre croissant, du plus petit jusqu'au plus grand, se tortillent de plaisir. Comme nous avons grandi, le trou que ton absence a laissé ne se voit presque plus. Nous nous prêtons à ce jeu, au plus creux de février, alors qu'il est presque impossible de sortir et qu'une vapeur surréelle flotte sur le fleuve.

Un matin des plus grands bonheurs, le jour ne se rend pas jusqu'à nous. La neige a littéralement englouti la maison. Comment te dire ? Nous manquons la cloche de l'école, nous manquons sept heures, et même huit heures, nous manquons tout : la maison demeure toute sombre. Nous dormons comme des marmottes jusqu'à neuf heures passé. Pas de lumière pour nous sortir de nos rêves. La neige a tout recouvert, laissant la maison et nous dedans, comme engourdis sous cet excès de douceur.

Puis nous sortons, petits fous, gloussant, tout éblouis dans le ciel et la journée déjà bien entamée. Il faut creuser un tunnel à partir de la fenêtre la plus haute, celle tout près du toit. Tu imagines ? Puis faire sortir, dans l'ordre, la plus petite capable de marcher, et ainsi de suite jusqu'à la plus grande. On ne peut plus s'arrêter de rire, on ne sait plus parler, c'est si délicieux. Ça reste parmi les plus beaux jours de ma vie avec la meute. Même sans toi, il reste de la joie ? On dirait presque que tu y es tellement c'est bon.

Cette journée où nous étions engloutis par la neige – pas d'école, pas de travail –, une grande journée décalée, assourdie par tout ce blanc qui nous était subtilement tombé dessus durant la nuit, c'était vraiment ce que nous pouvions imaginer de plus délicieux, de plus près de l'idée du ciel, des anges et tout.

Avec beaucoup de patience et d'excitation, nous retrouvons finalement la porte, puis creusons longtemps comme ça, des couloirs, des labyrinthes vers les accès importants : les fenêtres du petit salon et de la cuisine, pour finir par la rue qui ne serait déblayée par la municipalité que le lendemain ou le surlendemain. Nous saluons de la voix les voisins désormais invisibles, marchant péniblement dans la neige jusqu'aux épaules, jusque bien haut au-dessus de nos têtes à nous, les petits. Nous saluons les voisins qu'on ne reconnaît plus que par des sons étouffés, eux aussi un peu ahuris par la puissance tranquille de cette nuit où la vie a été recouverte par ce manteau immense et blanc, si doux, mais si envahissant. Le ciel a imposé sa toute-puissance, et pendant que nous dormions, notre monde a changé. Tout est donc possible ? Plus personne ne peut aller travailler pour faire fonctionner la ville. Sauf maman, bien sûr, car les « reines du foyer », à l'instar des fourmis, ne s'arrêtent jamais, quoi qu'il arrive. Même pas le droit de mourir, d'ailleurs, ou alors à ses risques et périls.

En temps normal, lorsque rien ne nous empêche de nous rendre à l'école, c'est la radio qui nous tire du sommeil. La belle main de maman, au petit matin, tourne le bouton et laisse sortir les chansons à la mode du moment. La voix enfantine et l'accent tellement français de France Gall traverse la maison de la cuisine en passant par le petit salon, puis tout le long du grand couloir vers les chambres. Sa voix, c'est notre réveille-matin et elle vient toujours avec l'odeur du café. Bébé requin, bébé velours, bébé requin, bébé d'amour. Nous avions, chaque matin d'hiver, l'espoir d'une tempête qui nous permettrait de flâner. Tout était possible dans notre coin de pays, et il n'était pas farfelu d'y rêver. C'était facile : on entendait très vite à la radio la litanie des écoles fermées à cause de la neige. Comme un miracle. Et toute la meute priait : Mon Dieu, faites que Père-Gagné soit dans la liste ! Faites que notre école soit ensevelie ! Tu le sais bien, avant, c'est toi qui priais le plus fort, car l'école, pour toi, ça faisait mal. Je comprends maintenant, même si pour moi c'est la lumière qui entre par les fenêtres face au fleuve, le coin des poupées, et la maîtresse si jolie avec ses boucles noires et ses fous rires légers, délicieux, de celle qui goûterait perpétuellement à une tarte au citron, à la fois malicieuse et étonnée, ravie de partager cette fenêtre devant le fleuve avec nous. Elle arrive après ton départ comme un miracle, comme une éclaircie divine, oui. Toi, tu ne réussissais donc pas à te faire aimer, là, dans cette même école ? Oh oui, c'est vrai, je vois bien ces corridors si sombres, mais dès qu'on entre dans la classe, ça s'éclaire complètement ! Tu allais peut-être trop souvent dans le corridor…

Maintenant, on rêve aux tempêtes aussi à cause des distractions qu'elles procurent : il faut se battre pour survivre ! On abrite ceux qui restent, on sauve la race. Dès la semaine suivant la tempête qui a tout envahi, le froid s'est abattu sur notre région, un froid innommable, un froid monstrueux. Il faut dormir dans le grand salon, les uns auprès des autres, tant la vague de froid est intense. Le système de chauffage ne fournit pas à la tâche. Des vents violents s'acharnent à vouloir arracher la maison. Devant les intempéries, on s'accroche à la force du père. Il n'a pas peur de l'hiver et du froid, du bruit terrible du vent s'attaquant à la structure de la maison. Il semble même heureux, car il peut faire quelque chose. C'est merveilleux de pouvoir faire quelque chose pour ceux qu'on aime, de pouvoir empêcher ceux qu'on aime de mourir de froid ou de quelque autre violence. Il nourrit inlassablement le feu dans le foyer, on s'en approche autant qu'on peut sans se brûler. Nos visages deviennent tout rouges quand on exagère.

Maman est sortie, peu avant le souper, pour puiser dans le tambour, à même la réserve du temps des fêtes, les derniers pâtés à la viande. Je la regarde franchir le seuil sans pleurer, dans son manteau turquoise enfilé à la hâte, avec sa belle tête de princesse. Je la regarde plonger dans la bourrasque, en me disant : c'est comme ça que je serai quand je deviendrai grande, une femme courageuse qui fait ce qu'il y a à faire malgré les intempéries. Cette fois, je l'admire, car c'est vraiment héroïque de sortir faire comme d'habitude les choses nécessaires alors que dehors c'est la fin du monde. C'est comme sortir pendant la guerre, enfin, notre guerre à nous. Celle que nous menons contre notre climat.

Elle est toujours très active à l'intérieur de la maison, peut-être encore davantage depuis que tu n'es plus là. Cette perpétuelle caresse qu'elle procure aux objets, aux murs et aux planchers, tout ce temps consacré aux travaux domestiques, donne à la maison une odeur délicieuse, indescriptible. Pour laver le quotidien, elle n'emploie pas de détergents qui sentent fort la chimie ou, si oui, elle en met si peu dans l'eau que ça ne paraît pas. L'air est doux grâce à ses soins. Toute sa tendresse se loge dans ce parfum subtil mais omniprésent, il suffit de rester aux aguets. Il est fait d'une quantité infinie de détails, dont un des plus délicieux réside dans le soin qu'elle consacre à l'entretien du réfrigérateur. Une fois par mois, elle le vide entièrement, le nettoie au savon à vaisselle, le rince une première fois à l'eau claire, une seconde fois à l'eau imprégnée de bicarbonate de soude « pour repartir à zéro le niveau des odeurs », et elle l'essuie soigneusement avec un linge blanc immaculé. Puis, sur un autre linge blanc, tout aussi immaculé, légèrement passé sous le robinet d'eau chaude, pas trop, elle applique quelques gouttes d'essence de vanille. Avec ce linge doucement chargé du liquide sombre et odorant, elle caresse très lentement et longuement tout l'intérieur du réfrigérateur, passant puis repassant plusieurs fois aux mêmes endroits. Caresses sur caresses. Puis elle remplit le réfrigérateur des pots de cornichons et de moutarde, du lait, du beurre, du pain et le reste, avec ordre et minutie, après les avoir essuyés soigneusement, un à un. Et elle referme la porte. Pendant quelques jours, chaque fois qu'on ouvre le frigo, une douce odeur nous enveloppe. Il faut simplement fermer les yeux pour en saisir l'étendue, la portée jusqu'au fond de soi. Il s'agit bien d'elle. Notre mère. En attendant qu'elle repose sa main sur nous.

La vie n'en finit plus de continuer sans que tu reviennes. S'estompent ton visage, le son de ta voix, ton odeur de loup. Ne reste que ton absence, le trou de ton absence à l'intérieur des journées sans fin. Nous, la meute, nous parlons moins de toi. Mais, comme ton départ s'est cristallisé et qu'il prend toute la place, il faut sans cesse le contourner pour continuer à vivre. Nous vivons à l'étroit. Parfois, nous nous cachons dans le cagibi sous l'escalier. Les grandes allument une chandelle, et alors nous parlons de toi, de la façon dont ça s'est passé. Les grandes ont préséance, car elles comprennent mieux que les petits les choses de la vie. Mais, comme c'est interdit, elles parlent vite, à mots couverts, et nous, les petits, nous ne comprenons pas tout, il y a plein de trous qui ont la forme de ton corps et des trous sur ton corps. Elles ne sont pas d'accord sur la façon dont ça s'est passé. Chacune a sa version des faits. Nous demandons: «Comment alors?» Et ça recommence, toujours jusqu'à la zizanie, dit maman. Mais il faut faire vite, que personne ne sache pour le cagibi. Nous en sortons un peu hébétés, jamais soulagés, avec un creux au centre de la poitrine. Nous montons l'escalier, nous traversons la cuisine chaude et odorante comme si de rien n'était, en chantant presque. Nous passons comme ça devant maman, comme si tout était normal, ou même mieux que normal, nous dispersant dans la maison, chacun avec son araignée.

Nous grandissons sans toi. C'est notre réalité, notre principale activité: grandir sans toi. Car la blessure des parents est si profonde et si vive qu'il nous faut nous débrouiller. Ils sont tout à ton absence. Ayant tout perdu, chacun de nous a sa façon de survivre. Ainsi, nous développons une panoplie d'habiletés nouvelles, de façon de composer avec ces nouveaux monstres qui habitent désormais nos poitrines. Toujours, maintenant, au bout de mains invisibles, des pinces, des serres sont à l'œuvre à l'intérieur de nos viscères. C'est si fort que je dois souvent mettre un coussin sur mon ventre pour pouvoir me concentrer sur ce qui se raconte à la télévision. Une chance, il y a l'école et mademoiselle Lévesque. L'an prochain, on apprendra les lettres.

R comme dans Roch.

Les mois en R, nous allons toujours à la pêche aux clams, aux moules et aux bigorneaux. Nous regardons très peu vers le large. À quoi bon ? Il est trop large. C'est à en perdre ce qu'il nous reste de courage. Alors nous l'ignorons et nous travaillons.

À chaque trou laissé par le souffle de la bête, papa plante sa pelle. Il soulève une motte de sable, pose la pelle un instant, nous la présentant, le temps que nous cueillions le coquillage vivant, le rincions dans une flaque, le jetions dans la chaudière et poursuivions notre quête. Lorsque, par inadvertance, il brise la coquille avec sa pelle, il ouvre la bête avec ses doigts puissants et avale en une lampée le clam visqueux dans un bruit sec et mouillé à la fois. Je regarde ailleurs. Je regarde vers la côte, ou alors je ferme les yeux en tournant mon visage vers le vent qui vient du large. Il fait toujours si froid au bord du fleuve, la chaudière doit être pleine pour qu'on rentre. Je ne suis que patience avant de retrouver mes poupées dans la chaleur de la maison toujours pleine des bonnes odeurs des actions, des activités ininterrompues de maman : le boudin qui grille doucement avec l'oignon dans la poêle, le gâteau au beurre qui monte lentement dans le four chaud.

Elle repasse les chemises de papa dans la cave. Il y a un grand banc en cuirette beige près de la planche à repasser. Je viens m'y étendre et l'écoute chanter. Elle chante de l'intérieur seulement, sans paroles, sans ouvrir la bouche. Des notes sourdes au centre de la poitrine, avec des silences entre chaque temps. Comme si elle faisait partie d'un orchestre qu'elle seule peut entendre. Et comme si elle était un tuba, un instrument qui ne joue que ponctuellement. Une note par-ci, par-là. Mes pieds dégèlent doucement dans un picotement qui brûle. Je serre mes mains entre mes cuisses pour qu'elles se réchauffent plus vite. Maman crie en direction de l'escalier : « Est-ce que ça sent le gâteau en haut ? » Elle y va à l'odeur. Elle dit pour elle-même : « On le sent quand c'est prêt, m'semble que ça sent... » Je ne crois pas qu'elle m'ait remarquée, elle se parle à elle-même.

Dehors, il y a quand même eu les saisons, l'une après l'autre. On n'a rien pu faire contre ça. Même si on avait voulu se battre, les portes des saisons se seraient quand même ouvertes. Oui, le printemps aussi est arrivé, sublime, même cette année-là, avec les parfums vigoureux du dégel. Quelque chose d'un peu violent quand même, quelque chose qui vous fouette le sang et vous tire hors de toute forme de léthargie. Ces puissantes exhalaisons de la terre.

Derrière la maison, des taches sombres se dégagent à force d'insistance : le soleil impose sa suprématie, et même ici, sur la côte nord du fleuve, nous finissons par sortir de l'hiver, ce n'est qu'une question de patience. La croûte de glace derrière la maison glisse lentement vers le fleuve, dégageant au passage les toutes petites pousses vertes, chétives mais entêtées, qui percent ce qui reste de neige dans la grande côte. Un jour, même les oiseaux reviennent.

Exceptionnellement cette année, il n'y a pas eu de grand ménage d'automne, puisqu'il lui a fallu quelques mois quand même, à maman, pour se remettre debout après tu sais quoi. Elle se reprend donc au printemps, et lave tout, du plafond jusqu'au plancher, dans toutes les pièces de la maison, sans exception. Comme il faut beaucoup de temps pour faire le tour de tout ce qui existe dans la maison, il n'y a jamais vraiment d'interruption du grand ménage : celui du printemps rejoignant celui de l'automne dans une boucle vers l'infini. La vie de maman. Printemps, automne, printemps, automne…

Nous rentrons de l'école, il n'y a plus de rideaux dans les fenêtres, nous nous retrouvons tout nus devant les voisins, et elle frotte, frotte le bleu laissé par l'usine, s'interrompt pour nous servir la soupe et le dessert du midi, puis reprend son labeur. Juste le petit couic couic du linge sur la vitre. D'autres fois, nous rentrons de l'école, les meubles sont empilés et tassés contre le mur, elle vient de cirer les planchers : c'est merveilleux ! Elle nous demande de mettre nos bas de laine et de prendre la relève, elle n'en peut plus, ses cheveux collent à son front. La maison est une patinoire et la meute s'en donne à cœur joie ! Elle plonge dans « son » souper. Voilà ce qui se passe à l'intérieur, au printemps.

Elle rit en cascade. Elle est assise, abandonnée on dirait, sur le divan bleu de mer, les jambes repliées sous elle, au téléphone avec sa sœur, sa complice du nord, la seule qui ait traversé le fleuve. Il s'agit d'une des rares pauses dans sa journée. Elle renverse sa tête en arrière, elle rit comme une jeune fille. Il y a bien ce jour où je saisis cet instant de légèreté, d'insouciance inaccoutumée chez elle, notre nouvelle mère, et où je saute près d'elle avec la souplesse d'un chat qui vient chercher sa dose, qui vient voler sa dose. Je pose ma tête sur ses cuisses sans qu'elle s'en aperçoive, avec toute la délicatesse possible. Ce rire. Il y avait si longtemps. Je ne bouge pas d'un cil. Il y a bien eu ce jour où j'ai feint d'être tombée là par hasard. Je joue l'indifférente. J'attends. Puis, dans une délicieuse distraction, alors que sa sœur vient de dire une autre ravissante niaiserie, sa main se pose dans mes cheveux, ses doigts remuent imperceptiblement. Alors chacune de mes terminaisons nerveuses se met aux aguets, et puis ÇA arrive. Le contact. Toute l'électricité à l'intérieur de mon corps se met à bouger dans toutes les directions à la fois. Ce corps, comme conscient de lui-même enfin, explose dans une marée de radiations et réalise, il me semble, sa propre naissance. Moment volé, furtif, inoubliable. Et lorsqu'elle doit se lever pour continuer son labeur de fourmi, je reste là, à observer les ondes, irradiantes, à l'intérieur.

Il dévale la côte d'un pas pressé, il court presque, comme si sa vie en dépendait. Il empoigne le râteau et, d'un geste sûr, commence à sarcler, méthodiquement, fermement, religieusement, la terre de l'immense jardin derrière chez nous. Puis il s'attaque aux mauvaises herbes, à quatre pattes, dans une sorte de transe obstinée et efficace. Je contourne le jardin avec ma poupée. Nous nous asseyons près du carré de choux et tentons d'apprivoiser une coccinelle. Si papa continue à agrandir le jardin comme ça, il ne restera bientôt plus d'espace pour se rendre jusqu'à la forêt. Pas grave, nous n'y allons plus de toute façon. Sans toi, ce n'est pas pareil. Des méchants ont détruit ta cabane.

Depuis que je ne cours plus derrière toi, je ne cours plus du tout. J'attends. J'attends ton retour même si ça n'est pas raisonnable. Tout à son ouvrage, papa souffle sa mélopée, toujours la même, ponctuée par le râteau qui entre dans la terre ou par sa main qui essuie la sueur sur son front. J'attends avec ma poupée, et la coccinelle qui nous chatouille avec ses toutes petites pattes. Elle monte le long de mon bras, je la reprends de l'autre main, la dépose sur mon pied, elle monte le long de ma jambe, grimpe sur ma robe verte, je la reprends, et on recommence. Je le dirai à mademoiselle Lévesque. Ça l'intéresse, toutes ces histoires de petites pattes qui chatouillent. Ça fera monter la lumière dans ses yeux et elle aura sans doute quelque chose à dire sur le sujet, ou même un livre sur les coccinelles ou quelque chose d'aussi merveilleux. Papa finira bien par rentrer et il faudra aller dormir. D'ici là, la sueur coule sur son torse nu. Une voisine en profite pour décrocher le linge sec de sa corde. Ses doigts pincent fermement l'épingle à linge qu'elle lance machinalement dans la petite corbeille en simili osier accrochée à la poulie. Elle tire brusquement la corde en tenant la chemise de l'autre main, pince la deuxième épingle puis, d'un geste sec, arrache le vêtement, le lance dans le panier déposé sur la galerie en repoussant la corde un peu plus loin. Elle recommence, comme ça, son ballet complexe, vêtement par vêtement, les yeux rivés sur le dos nu et luisant de papa, tout rougi par le soleil. Elle semble hypnotisée. Lui n'a conscience ni des yeux de la voisine, ni de ses brûlures. Il est tout à la terre.

Je lève les yeux vers le fleuve qui, à cette heure, est déserté par le soleil. C'est du côté des cousins, au sud, qu'il se couche en beauté. Pour nous, l'aube et ses promesses. Pour nous, le salon baigné de lumière chaude au petit matin pour la prière que nous referons peut-être un jour. Je prie pour que ça arrive. Ça fait trop de trous dans notre vie, toi, la prière. Je frissonne sous ma robe légère et prie cette fois pour que papa rentre bientôt. Puis j'en profite, je ferme les yeux et en serrant très fort ma poupée sur mon cœur pour la protéger du vent qui vient du fleuve sombre, j'ajoute tout de suite la prière du soir :

Bonsoir, mon bon ange,
C'est à toi que je me recommande.
Merci de m'avoir gardée le jour,
Garde-moi la nuit, sans danger,
Sans mourir de mort subite,
Sans t'offenser mortellement
Mon Dieu, s'il te plaît. Amen.

Sa main sur mon épaule. Enfin nous pouvons rentrer. Maman a déjà tout rangé, tout nettoyé. La meute se prépare au sommeil en rouspétant un peu. Voilà bientôt la nuit, ses ombres et ses songes.

Achevé d'imprimer en juillet 2020
sur les presses de
Marquis imprimeur
Dépôt légal : 3e trimestre 2015
(ÉD. 01 / IMP. 06)

Imprimé au Canada